KB006934

그대가 보고 싶어, 울었다

그대가
보고 싶어,

울었다

인썸 지음

너의 웃는 얼굴에
나도 눈물이 난다

그우

떨어지는 꽃잎 하나하나에 맞춰

당신 이름을 불러 봅니다

——, ——, ——

당신이 보고 싶어졌습니다

Prologue

사랑을 합니다. 그리고 꽤 많은 연인들이 이별을 합니다.
저도 사랑을 했습니다. 그리고 이별을 했습니다. 하지만 끝
나지 않는 것이 있고, 외려 시작되는 것이 있습니다.

사랑을 거두고 이별을 받아들이고 지난 기억과 너의 모든
것을 잊어내는 것. 혹자는 이 과정이 이별의 완성이라고 말
합니다. 저는 눈물로 이별을 받아들였지만, 지금도 사랑과
이별하는 중입니다.

이 책은 이별 후 2년의 시간 동안 제가 느끼고 생각하고 행동한 순간의 감정을 글로 엮은 것입니다. 하지만 이별을 위로받고 슬픔을 걷어내라는 의미로 써낸 것은 아닙니다.

이별과 슬픔에서 헤어 나오지 못하는 사람들의 아픔이 이 우주에서 오롯이 혼자만 느끼는 소외된 감정이 아니라는 것을 전해주고 싶었습니다.

당신 많이 힘들 거예요, 매일 울겠죠.
하지만 괜찮아요. 나도 많이 힘들었어요.

차 례

고마웠다는 말, 참으로 슬픈 말이었다. 너와 나 사이에 이어져있던 연이 끊어진다. 우리가 서로를 사랑했던 추억은 더이상 추억이 아닌 기억이 된다.

소중했던 것이 떠난 자리에 남아 한참을 머무른다. 조금만 더 간직하고 싶었다. 감정은 여전하고 기억은 깊어진다. 오고 가는 것도 온전히 나의 몫이다. 이곳에 너는 이제 없다. 내가 너를 잊으면 우리가 사랑했던 기억은 세상에 없는 것이 된다.

눈에 보이지 않으면 마음이 멀어진다는데, 어쩐지 내
마음은 떠날 줄은 모른다. 한 번, 딱 한 번만 보면 잊
을 수 있을 거 같은데. 보고 싶다 말 하면, 영영 사라
져 버릴까 겁이 난다.

사랑이 끝나면 이별이 시작되고, 이별이 끝나면 약간
의 그리움과 닳고 닳은 기억만 남는다. 이 쓸모없는
그리움을 어찌 할까. 나는 그만 너를 떠나야겠다.

1장

나를 많이
사랑해줘서
고마웠어

이렇게까지 잡아줘서 고마워

이제 그만 가

나도 앞으로 잘 지낼 거야

힘든 일 많았지만, 행복한 날도 많았어

나 많이 사랑해줘서 고마웠어

너도 잘 지내,

안녕.

나는 이상하리만큼 꿈을 많이 꾼다
아니 꿈을 기억한다는 말이 맞을지도 모르겠다
매일 밤 네가 나오는 꿈을 꾼다

그러던 언젠가부터 나는 너에게서 떨어져 있기 시작했다
횡단보도 하나를 사이에 두고 나는 울고 있다

반대편에 네가 서있다
너는 여전히 나를 보며 웃는다
너의 그 하얀 웃음은
내 눈물이 보이지 않는 듯했다
나는 이제 꿈에서도 이별을 맞았다

그리움이 짙어질수록

새벽이 여러 갈래로 나뉜다

이른 새벽, 보통의 새벽,

늦은 새벽, 아침 전의 새벽,

그리고 네가 너무 보고 싶은 새벽

내가 가진 새벽이 너무 많다

하룻밤에 몇 번의 잠을 청하는지 모른다
그러다 피곤함을 덮고 운 좋게 잠이 든다

하지만 아직도 내가 모르는 새벽이 있는지
너는 어떻게든 나를 깨우고야 만다

각각의 새벽을 구분할 수 있을 만큼
내가 가진 새벽은 넓다
꿈에서 깨고 다시 잠에서 깨면
세상모를 허전함이 온몸을 짓누른다

눈물은 그 다음이다
그리고 선택을 한다

이 꿈을 이어갈지, 아니면 이 꿈을 기억할지

밤에 잠을 자는 이유는 깨어 있으면 슬프기 때문이다

밤이 슬퍼지기 전에는 늘 네 생각을 했던 거 같다

그것은 마치 증명이 덜 된 슬픔의 공식 같았다

나는 너로서 가득 찼지만
너로서 텅 비었다

사랑의 부피는 커져만 가는데
그 안에 있는 너의 밀도는 작아진다
그것은 네가 줄어드는 것이 아니라
네가 없는 내 시간이 늘어나고 있기 때문이다

비로소 공허를 알게 된다

네가 소멸하지 않는 이상
끝없이 커질 너라는 공허함에 대해
나는 맞설 준비가 되었는지 모르겠다

하룻밤 꿈이

어찌 이렇게나 행복합니까

얼마나 많은 눈물을 주시려고

이별이라는 것은 약속입니까

그것은 꼭 지켜야만 하는 건가요

그렇다면 나는 이번에도 자신이 없습니다

겨우내 피우려 했던 꽃은

그렇게 시들어 갔다

내 정성과는 상관없이

너는 결국 사라질 운명이었나 보다

꽃은 결국 비로 갔다

꽃의 잎에서 떨어지는 빗물은 너의 눈물

꽃은 너이고 비는 내 눈물이다

내 삶에 관심이 없다는 건

이제 나를 떠나겠다는 거겠지

하는 말이 줄었고, 들리는 말도 줄었다

어쩌면 당연한 순서였다

말이 없는 것과 말을 하지 않는 것은 다르다

필요한 말과 필요하지 않은 말은

때로는 관계에 따라 그 특수성을 가진다

우리는 연인이었고 충분히 대화했으나

정작 중요한 말은 나누지 못했다

연인 관계에서는 필요 없는 말이

있어서는 안 된다는 것을 너무 늦게 알았다

이제 와서 마음이 뭐가 중요하겠어

사랑이 끝나버렸는데

우리는 완전히 헤어졌다

마지막 순간에 우리는 서로를 보며

울기도 했고 웃기도 했다

나는 정말 그 순간이 마지막일 줄은 몰랐다

몰랐다, 꼭 돌아오겠다는 생각뿐이었다

마지막까지도 내 생각만 했던 모양이다

나는 이제 너에게 돌아갈 수 없게 되었다

이것은 용기와는 다른 문제이며,

모든 것이 끝나버렸다

하지만, 그래도 나는 이 마음을 지켜보고 싶다

이별은 잊어가는 것이 아니라

잃어 가는 거야

너를, 우리를, 함께 한 모든 것을

하나 둘 잃어가는 거야

기억이 잊히는 거라고 착각하고 싶지는 않다

우리는 가지고 있던 기억을 잃는 것이다

더는 가져서는 안 되는 것이다

너 없이 어떻게 살아가야 하는지 모르겠다
모르겠다, 그리움으로 사는 매일이 사는 것일지

네가 없는 아침이 익숙해졌다

　　　　네가 없는 점심이 익숙해졌다

네가 없는 저녁이 익숙해졌다

　　　　네가 없는 밤이 익숙해졌다

네가 가득한 새벽이 익숙해졌다

　　　　어쩌면 네가 없어도
너에 대한 그리움 하나만으로도 살아진다

꽃이 피고 다시 꽃이 진다

내게 오던 그날처럼 그렇게

그 모습 그대로 너는 떠나간다

정말 떠나간다

수백 번, 수천 번을 오고 갔던 좁은 골목이었다

우리는 언제나 홀로 그 길을 걸어 들어가서는

둘이 되어 함께 나왔다

너는 그 골목으로 사라져갔다

그리고 그것이 너의 마지막 모습이었다

마지막을 잊지 않기 위해서

매일 기억하고 항상 기억했다

너는 한 번도 돌아보지 않고 멀어져 갔다

그날 너는 어떤 얼굴을 하고서 걸어갔을까

들려오는 말에 따르면

남자는 떠나면 언젠가는 돌아오지만

여자는 한 번 떠나면 돌아오지 않는다고 한다

그러니까 우리는 내가 떠난 걸로 했으면 좋겠다

"넌 왜 이렇게 생각이 짧아?"
미안해 내가 생각이 짧았어

"아니, 넌 생각이 너무 길었어.
그것도 줄곧 네 생각만 한 거야"

짧고 길다는 것은 시간을 의미하는 것이 아니라
어떤 주제에 대해서 시야가 좁고 넓음을 뜻한다

남자는 때마다 생각이 너무 길어서 실수를 한다
특히, 연인 사이에 이런 실수는 더욱 뚜렷하다
내가 어떤 부류의 사람이라고 말할 수는 없다

분명한 것은 생각이 길어지는 시간만큼
상대방은 외로워진다는 것이다

슬픔은 언제나 우리 곁에 있었다

너도, 나도, 애써 모르는 척했을 뿐

눈물이 어디에서부터 흐르는지 서로가 알고 있었다

돌아보면 우리는 헤어질 수밖에 없었다

보고 싶거나

잊고 싶거나

혹은 같은 사람이거나

너는 떠나버리면 그만이지만, 나는 아니잖아

나는 여기서 계속 살아야 하잖아

눈에 보이는 모든 것에 네가 있는데

나는 이제 어떻게 해야 해

순간은 짧지만 눈물은 오래간다

그리고 순간에 언어가 더해지면

그 순간은 변하지 않을 기억이 된다

나를 걱정하는 사람들이
공통적으로 하는 말이 있다

"이제 그만 잊어"

나는 아무런 대답도 하지 않는다
그저 나만 들리게 생각한다

그 사람 손이 닿지 않은 게 없다니까
도대체 어떻게 잊으라는 거야

생각나는 게 아니라 아직도 같이 있다고

가끔은 이 그리움이 집착이 될까 두렵다

내가 얼마나 너를 힘들게 했는지

아직도 정확히는 알 수 없지만

그 기억 하나만으로도 나는 오래 아팠다

해야 할 말이 많았지만 할 수 있는 말은 한정적이었다
나는 너에게 미안하다고 말을 한다
그 한 마디 말에 내가 흘리고 싶은
눈물을 네가 먼저 흘린다

그러나 감정에 호소하는 것만큼 어리석은 사과는 없다
적어도 우리가 만나는 동안에
네가 나를 용서하지 않았던 적은 없다
그토록 어렵게 지탱하던 이해와 믿음을
결국 내가 무너뜨린다

여러 번의 실망이 있었다
내 입으로 힘들다고 말한 적은 없다
하지만 나는 늘 너무 힘들다고 생각했다
정작 힘든 것은 너였다는 것을 알아주지 못했다
네가 힘들다고 말을 했는데도 말이다

사과하는 나도, 용서하는 너도

속이 속이었을까

얼마나 힘들었을까

그 순간들의 마음이 잊히지 않아 나는 너무 괴롭다

둘 다 놓치진 않았을 것이다

둘 중 하나는 놓은 것이다

결국 놓아야만 했다

꽉 잡은 손에 힘을 풀었다

순간 심장이 멎을 뻔했다

나만 손에 힘을 빼면

떨어질 줄 알았던 손이 떨어지지 않았다

네가 필사적으로 내 손을 잡고 있었다는 것을

나는 마지막이 오고서야 알았다

잡은 손이 기어이 떨어진다

나는 세상 가장 소중하고 귀한 것을 놓친다

어느 날엔가 보았던 오늘이다

솟아오르는 눈물이 어쩔 줄을 모른다

그날 내 손등에 남은 너의 손자국이 아파온다

자기야, 나 너무 무섭단 말이야

우리가 곧 끝나 버릴 것만 같아

비가 내렸고, 눈이 내렸다

다시 벚꽃이 내렸고, 낙엽이 내렸다

눈물은 그동안에도 계속 내린다

슬픔은 중력을 있는 그대로 받아내고

박차고 오르는 것은 하나도 없다

고개를 아무리 꺾어도, 그 위로 한숨을 뱉어도

결국은 모두 다 내게로 떨어진다

슬픔은 그렇게 쌓여만 가고

아픔은 슬픔이 남긴 어쩌면 당연한 결과였다

소중한 것은 지켜내기가 힘들다

그래서 소중한 것이다

지켜냈으면 좋겠다, 제발

슬플 이유가 너무 많아서

아플 이유가 너무 많아서

여기저기 네가 너무 많아서

하루는 술을 마셨고
하루는 두통약을 삼켰다
그게 최선인 듯 그렇게 살았다

매일같이 술을 마셨지만
취할 정도로 마신 것은 한 번뿐이었다
담배를 피워 볼까 생각도 했지만 끝내 피우지 않았다
언젠가부터는 운동도 꾸준히 했다
불면증을 이겨내기 위해 일도 열심히 했다
그 무렵 내가 찾은 것은 육체의 피곤함이었다
이것은 새벽을 줄이는 가장 훌륭한 방법이었다

그리고 이 모든 행동들은
너에게 돌아가기 위한
나의 감정에 대한 절제이기도 했다

네가 없는 나는 갈 곳이 없다

그래서 이대로 머물러 있는지도 모르겠다

너를 사랑하지 않는 것으로

나는 사랑을 계속하고 있다

너를 사랑하면 안 된다는 것을 잘 알고 있다

나는 너를 사랑하지 않는다

그러나 사랑하지 않는다고

몇 번을 되뇌어도 변하는 것은 없다

슬픔, 그리움, 외로움, 아픔

모두 그대로다

앞으로는 내가 나라고 생각하지 마

나도 네가 너라고 생각하지 않을게

너에게 하고픈 말이 멈추기도 전에
꾹 참은 눈물이 피부를 찢어 내린다
한참을 참은 눈물이었다

감정 전체를 휘감은 눈물은
내게 벌을 주듯이 최대한 무겁고
최대한 천천히 흘러내린다
아득히 멀어진다

깊게 패인다
상처가 난다
되돌릴 수 없는 벌을 받는다
볼 때마다 아플 것이다
분명히 그럴 것이다

무슨 말을 해야 하는 지도 모르는 채

나는 네 앞에 앉았다

그냥 울고 싶을 때도 많았다

지킬 수 없는 약속을 했다

너와의 약속은 무겁다

처음으로 거짓말을 했다

네가 가장 싫어하는 것이

거짓말이라는 것을 알고 있었지만

내게 실망하는 것이 나는 더 힘들었다

그날 나는 처음으로 거짓말을 했다

어느 하루를 되돌릴 수 있다면,

나는 그날을 다시 살고 싶다

괜찮아질 줄 알았지

괜찮아진 줄 알았지

그런데 아니더라

아픔은 늘 새로웠다

너는 두고 간 것이 많지만, 정작 너는 가져갔다

처음에는 모두 내게 두고 갔다
그러고는 하나씩 너를 가져간다

시간이 멈춰 있던 순간은 없다
너 또한 쉬지 않고 너를 빼앗아 간다

잘 지키고 있다고 생각했다

오랜 시간이 흐른 후에야 알았다
내가 얼마나 많은 너를 빼앗겼는지

이제 가진 게 기억뿐이라서
할 수 있는 게 생각뿐이라서
쓸쓸함만 한없이 커져 간다

아무것도 담겨있지 않은 빈 상자를

목숨 걸고 지키고 있는 기분이 들었다

네가 없다는 것을 알면서도
네가 있다는 듯이 삶을 이어간다
순애보 따위의 멍청한 감정은 아니다

그때도 지금도 나는 그 상자를 지켜야 할 이유가 있다

그 이유를 다른 사람이 아니라, 네가 꼭 알았으면 좋겠다
알아줬으면 좋겠다

그리고 언젠가 그 상자를 함께 열었으면 좋겠다
그때는 보여주지 못했던 것을 다 보여주고 싶다

이 여리고 하얀 손으로 눈물을 닦았던가

작고 예쁜 손이라고만 생각했다

내가 준 아픔이 고스란히 서린 손이었구나

눈물을 멈추려고 꺼낸 사진에 더 큰 눈물을 흘린다

오늘 밤에도 눈물을 멈출 수가 없겠다

꿈에서 본 것이 무엇인지 정확히 모르겠으나

아마도 너인 거 같다

내가 그 안에서 울고 있었다

눈물은 멀리서는 잘 보이지 않는다

나를 서서히 죽게 만드는 것은

네가 없는 긴 하루가 아니라

네가 있는 한두 시간의

새벽일지도 모르겠다

새벽은 네가 두고 간 기억이다

알잖아, 잊지 못할 거라는 거
잊히지 않을 거라는 거

새벽이라는 시간은 오묘하다
옅은 거 같으면서도 짙고
얕은 거 같으면서도 깊다

나는 선천적으로 잠이 적은 편이라
새벽은 짧은 하루에 덤으로 받은
선물 같은 시간이라고 생각하며 살았다

그런 새벽이 지금은 나를 힘들게 한다
잠이 없는 것이 이제 와
처음으로 원망스럽다

잠 못 이루는 밤이 두렵다

매일 새벽 다섯 시

꿈에서 마저 예뻐 줘서 고맙다

고맙다, 잊지 않고 나를 찾아줘서

달도 없고 별빛도 여리고

하늘에 네 이름을 그려 넣기 좋은 밤

거짓말이라도 너를 불러 볼까

나도 그만 울고 싶은데
숨은 쉬어야 하잖아
그래서 울어

울고 있을 때만큼은
오히려 마음이 편했다
한 가지 감정에 몰두할 수 있어서
아프지 않았다

시간이 너를 붙잡고 멀어져 가도
너를 사랑하는 일을 멈추지 못하겠다

시간을 붙잡을 수 없다는 거 안다
너를 잡을 수도 없다는 것을 안다

그래서 나는 다른 결정을 내렸다
네가 나를 보게 만들 것이다

나는 시간을 붙잡을 생각이 없다
네가 볼 수 있을 정도의 빛을 낼 생각이다
잘 살 것이다

사랑이 다하여, 우리 이별했다면

당신이 두고 간 모든 것들이 이제는 아물었을까요

한데 상처가 아직 깊은 걸 보면 그건 아닌 거 같습니다

깊은 상처는 여태 그대로입니다

당신이 가셨다는 것을
나는 이제야 알았습니다
정말로 나를 떠나셨군요

하여, 이제는 그리움을 감추고자 합니다
지금부터의 마음은 생각만으로 모두 덮겠습니다

공간과 시간을 쪼개어 담는 버릇이 생겼다

고치고 싶으나 그 안에 네가 있으니 나는 그럴 수 없다

받아들이는 수밖에 나는 할 것이 없다

참 예뻤다
잠든 너를 가만히 바라보다가
밤을 지새운 적도 많았다
행복했다

너의 첫눈과 마주하는 일은
내겐 세상 더 없는 행복이었다

생각보다는 괜찮아

어쨌든 살아 있잖아

생각 속의 나는 죽었거든

매일 밤 꿈을 꿔요

당신 꿈을 꾸는 꿈

너에 관한 꿈은
행복으로 시작해서 눈물로 끝이 난다

멀리서 너를 바라본다
너도 나를 쳐다본다

눈물이 나기 시작한다

꿈속의 나는 생각한다
이건 꿈이구나

꿈을 두 번 꿔야
서로를 만날 수 있을 만큼
우리는 멀리 있다

딱히 해야 할 일도 없는데

잠은 안 오고 네 생각만 나고

이런 밤은 정말 위험하다

빗소리에 잠에서 깼는데

아직도 그 비가 내려

어떻게 내가 괜찮을 수 있겠어

눈을 뜨면 모든 곳에 네가 있다

눈을 감으면 네가 있는 곳에 나도 있다

너의 발길이 한 번도 닿지 않은 곳에서도

나는 너를 느낀다

그곳을 보고

내가 너에 대한 무언가를 생각했기 때문이다

이렇듯 기억은 어디에나 있다

그리고 그 기억이 존재하는 한

슬픔을 막을 수는 없다

기억은 원치 않아도 계속 쌓이고

한 번 느낀 감정은 사라지지 않는다

이것은 노력으로 되는 일이 아니니 애쓸 필요도 없다

슬픔에 대처하는 두 가지의 방법이 있다

슬픔을 회피하는 방법과 슬픔을 받아들이는 방법

나는 슬픔을 받아들였다

새벽에 깬 잠은 다시 이루기가 힘이 든다

꿈에서 깰 때마다

나는 행복이 갑자기 사라져버리는 기분을 느낀다

눈 깜빡임 한 번으로 세상이 바뀌었는데

그 행복을 어찌 모르는 척할 수 있을까

뒤이어 따라오는 허전함은 하루를 망쳐버린다

그렇게 거짓말 같은 하루를 지낸다

사는 게 진짜인가 싶다

꿈은 잔인하다

결국에는 다 거짓말이니까

꿈에 찾아와 웃지 마라

그리 가면 온종일 눈물이다

꿈에 대한 이야기를 글로 옮겨 적으면
많은 사람이 나를 부러워한다
꿈에서라도 한 번 그 사람을 보았으면 좋겠다고
매일 네 꿈을 꾸는 내가 부럽다고 한다

하지만 사람들은 하룻밤 꿈의 대가가
무엇인지 모른다

그리고 앞으로도 모르고 살았으면 좋겠다
나를 부러워하지 않았으면 좋겠다

세상에는 아직 모르는 슬픔도 너무 많기에
모르고 살았으면 좋겠다

당신 이름을 천 번 부르고 잘 겁니다
밤새 당신 생각을 하겠다는 뜻이에요

잘 자요, 나는 오늘도 못 잘 거 같아요

2장

네가 가고 난 뒤
남겨진 자리에서

사랑이 끝났다는 것을 알았을 때

너는 어떤 생각을 했을까

나는 그냥 울었다

네가 눈물로 감정을 표현하기 시작했을 때

처음으로 그런 생각이 들었다

내가 너에게 주려는 것이 행복이 아닐 수도 있겠다

덜컥 겁이 났다

너를 지키지 못할까 봐

위험한 순간은 네가 아는 것보다 잦았다
단순히 약속을 지키지 못하는 날보다
말도 안 되는 이유가 있는 날이 많아졌다

이대로는 너를 지키지 못할 거 같았다
갖은 걱정으로 네 앞에만 서면 작아졌다
그리고 억지로 나를 크게 만들었다

이제 와서 생각해 보면
그때의 나는 나를 너무 믿었거나
나를 전혀 믿지 못했던 거 같다

얼마나 사랑했으면 그랬을까

얼마나 사랑하지 않았으면 그랬을까

사람마다 사랑을 하는 방식이 다르다
사람이 다른데 사랑이 어찌 같을까
그것은 가치관의 차이 일 수도 있고,
성격의 차이 일 수도 있다

그리고 이별은 결국 그 차이를 인정하는 것이다

이별로부터 사랑을 부정할 수는 없다
우리는 그저 서로 다른 사랑을 한 것이다

서로에게 기대하는 것이 달랐을 뿐이다
그 기대가 버티지 못했을 뿐이다

잊을 수 없다면, 그 사람을 너무 미워해서는 안 된다

그 미움에 빠져 결국 나조차 미워하게 된다

나 스스로 내가 미워지고 싫어지면

사는데 더 이상 행복을 느끼기는 어려울 것이다

미움이 없어 다행이다

조금 더 빨리 놓아 줄 걸 하는
후회를 한다

네가 더 빨리 떠날 걸 하고
후회하는 것처럼

내가 네 손을 놓은 이유를 너는 알까
그건, 네 눈물이 내 마음에 가득 찼기 때문이다
네 눈물을 보는 것만으로도 나는
이미 나를 감당할 수 없게 되었다
사랑하는 사람의 아픔을 지켜보는 일
아프다는 건 그런 것이었다

남자는 해결을 원하고

여자는 공감을 원한다고 한다

나는 해결하려고 노력했고

너는 나를 이해하려고 노력했다

결과적으로 너도 나도 실패한 것이다

우리는 서로 다른 노력을 하고 있었던 것이다

연애라는 과정이

사랑으로 이별을 만들어가는 거라면

나는 자신이 없어

연애는 결혼을 위한 과정이고

결혼은 성공한 연애의 결과물인 걸까

나는 이 사람의 좋은 점을 더 찾아보겠어

나는 이 사람의 안 좋은 점을 더 찾아보겠어

그래 이 사람이라면 함께 할 수 있겠어

아니야, 이 사람과는 도저히 못 살 거 같아

다 틀렸다

사랑을 해야 한다

아파도 좋다

슬퍼도 좋다

힘들어도 좋다

네 마음이 어디서 무엇을 보든 나는 괜찮다

다만 나를 잊고 살지는 말아라

마음에 매듭을 지었다 풀었다 한다

어느 날 갑자기
스스로 결단을 내릴 용기가 생길까 두렵다

차라리 오래 망설였으면 좋겠다

너를 다시 만나지 않는 것이

내 인생을 편안하게 만든다는 것을 잘 안다

하지만 너를 잊고 사는 삶은

결국 나를 죽일 거라는 것을 더 잘 안다

마침내 기억하고 싶은 것만 남는다

내 기억 속에는 나는 없고 너만 있다

밤이면 좁은 방 안에 감정을 꺼내놓는다

그 위로 네 사진을 넘긴다

기억과 감정이 얽혀 풀리지 않는다

어찌할 바를 모르는 상황에 이를 때도 많았다

마음은 부서져 조각이 나고

머리는 그 조각들을 또다시 하나하나 맞춰간다

맞춰지지 않는 조각을 쥐고 있다는 것이

너를 잊을 수 없는 하나의 이유가 될지 모르겠다

그리움이 무슨 의미가 있나 싶다가도

희망 하나쯤은 남겨두고 싶어서

그렇게 살아

네가 그런 눈으로 아프다 말하면

그러면 정말, 내가 붙잡을 수가 없잖아

차라리 나를 두들겨 패주지 그랬어

힘들다는 투정이 다르게 느껴졌다

오늘보다 눈물을 더 많이 쏟은 날도 있었다

그런데 달라 보였다

너의 그 예쁜 눈이 내게 눈물을 꺼낸다

다리가 떨려오고 마음이 휘청거린다

"나 이제 그만 힘들고 싶어"

가슴이 아파서 눈을 깜빡일 수도 없었다

내가 너를 놓칠 수도 있겠구나 싶었다

사랑한다고 말해서 미안합니다
가끔 그리워하기만 할걸 그랬어요
나를 만나지 않았다면,
당신 더 아름답고 더 예뻤을 거예요
사랑한다고 말해서 미안합니다

너의 눈물은 내게 독약이었다
마시면 죽을 줄 알면서도 계속 마시고 있었다
그런 네가 언젠가부터 눈물로 보였다

네가 눈물을 흘리는 것이 아니라
눈물이 너를 흘리는 거 같은 착각이 들었다
지옥이었다

내가 너를 아프게 하고 있다는 확신이 들었다
이때부터 생각하곤 했다

'너를 놓아줘야 하는 걸까'

슬피 추적이는 저 빗소리가 들리나요

이제 나를 떠난 진짜 이유를 들려주세요

네가 나를 떠난 이유는 나에게 있었다

그래, 네가 떠난 것이 아니라

내가 떠나게 했다는 것이 맞겠다

그리고 그 진짜 이유는

네가 내게 말해야 하는 것이 아닌

내가 너에게 말해야 하는 것이 대부분이었다

한데, 나는 끝내 말하지 못했다

결국, 그냥 믿을 수 없는 사람으로 남았다

그 하나가 후회가 된다

눈물은 이별의 뚜렷한 징조였다

네 손등에 쌓여가는 눈물이 그랬고

술에 취해 크게 한 번 쏟은 내 눈물이 그랬다

너의 눈물은 언제고 괜찮으니까 나를 잡아줘 하고

타이르듯 말하는 것처럼 느껴졌다

그리고 나는 이별이 가까이에 있다는 것을

서서히 인정할 수밖에 없었다

이제 그만 보내 달라며 우는 너를

내가 어찌할까, 보내 줄 수밖에

행복해하는 너를 보고 있으면

얼마 안 되는 내 행복까지도

모두 너에게 주고 싶었다

눈물이 무엇인지도 모르고 살던 너에게

눈물을 알게 했고

슬픔이 무엇인지도 모르고 살던 너에게

슬픔을 알게 했다

네가 그린 행복이 무엇이었는지 잘 안다

너의 그림에 내가 색을 잘못 입혔을 뿐이다

내게 실망해도 좋다

다만, 너의 선택에 실망하지는 않았으면 좋겠다

너는 좋은 사람이다

너는 내게 연이어 미안하다고 말을 한다
아무것도 잘못한 게 없는 네가
네가 내게 미안하다고 입술을 뗀다
나 때문에 네가 미안해한다

너를 두고 집에 돌아오는 길에
얼마나 크게 울었는지 모른다

소중한 사람을 지키지 못하는 나를
나를 용서할 수가 없었다

화를 내지 않는 나를 너는 안타까워했다
건강하지 못하다는 표현을 쓰곤 했다

맞는 말이다
나는 마음이 건강하지 못했다

네가 내게 가진 기대들을 모르는 척했다
내게 보여준 너의 마음을 이제야 이해한다

내보여주지도 않은 내 아픔을
네가 어찌 알 수 있었을까
모든 것은 나 때문이다

너를 배웅한다

그리고 다시 너를 마중한다

꽤 많은 날이었다

너는 나에게서 가고 나에게로 왔다

나는 그게 행복했던 거 같다

너를 보내기만 하다가

막상 내가 떠나려고 하니

떠나는 것 또한 사무치는 일이었구나

너를 떠나보내는 내가 늘 더 힘든 줄 알았다

더 외로운 줄 알았다

한데 너는, 그렇게 홀연히 떠난 것이 아니었구나

너를 그렇게 보내고 어느 날

늘 걷던 거리를 나 혼자 걷다가 뒤를 돌아 봤다

그런데 내 뒤에는 길이 없더라

잊어야 하는 것들만 남은 것이었다

이유가 있었겠지 생각했다

그러나 아무런 이유가 없었다

그냥 그런 사람이었다

원래 그런 사람이었다

나 또한 애써 노력하고 있었을 뿐

원래 그런 사람이었던 것이다

나는 아직도

보고 싶다는 마음보다 미안한 마음이 더 크다

그래서 널 못 본다

언제쯤 이 죄책감으로부터 벗어날 수 있을까

기억은 나를 결코 용서하지 않는다

항상 궁금해하며 지낸다

요즘은 헤어지길 잘했다는 생각을 많이 한다

그리고 그 생각보다 더 많이 울고는 한다

아마도 잘 지내고 있을 것이다

이제 네 곁에 내가 없으니까

그 밝던 너의 원래 모습을 찾았을 것이다

너라도 괜찮아 보여 차라리 다행이다

세상 가장 의미 있는 날

만개한 벚꽃 잎이 바람결에 눈처럼 쏟아진다

당신이 내게 쏟아져 내리듯이

모든 축복을 너에게 주고 싶다

이제 내가 충분히 가진 것이 새벽뿐이라
너에 대한 마음의 대부분을 새벽에 놓았다
새벽이 좋고, 널 간직해둔 이 시간이 좋다

닿지 못할 그리움뿐이어도 상관없다
죽을 만큼 힘들어도 좋다
이렇게라도 내 곁에 있어줬으면 좋겠다
내가 괜찮아질 때까지 있어줬으면 좋겠다

그리움 없이 살기에는 네가 너무 가까이에 있다

외로움 없이 살기에는 네가 너무 멀리 있다

나는 이까짓 핑계를 말해본다

네가 닦아내던 눈물은
몇 시간 뒤에 흘릴 내 눈물이었다
처음에는 휴지 한 장으로 닦이던 눈물이
마지막에는 내 눈물로도 닦이지 않았다

너와 나의 눈물은 결국 섞이지 못했다
그것은 흘린 눈물의 의미가 달라서였을까

그렇게 많은 날이었다
그날 흘린 너의 눈물은
지금도 내 눈앞에서 떨어지고는 한다

그 눈물이 가슴에 닿을 때마다 마음이 저려온다
삶이 떨린다

내가 어떻게 그 순간들을 잊을 수 있겠어
그 장면에 남은 것이 너의 눈물뿐인데

잘 지내고 있으면 좋겠어

잘 못 지낸다면 그것도 좋아

내가 보는 너의 시간은 오래전에 멈췄다

네가 무엇을 보는지 어떻게 사는지 나는 모른다

내가 없이도 너는 너의 원래 모습처럼

그대로 잘 살고 있을 거라고 생각할 뿐이다

나 없는 행복을 차마 바라지는 못하겠다

혹여나 잘 못 지낸다면 그것도 좋다

아직 내가 남아있을지도 모르니까

이기적인 마음이라도 상관없다

그 마음이 내게 작은 기대를 준다

지금 보고 싶어 하면

다시는 널 못 보게 될 거 같아서

어떻게든 참고 살아

괜찮은 척, 잘 이겨내고 있는 척

남들 보기 좋게 지낸다고 해서

그리움과 슬픔이 오지 않는 것은 아니었다

차라리 감정을 어떻게든 표현하고 싶었다

어떤 감정이든 속에 두면 썩어버린다

한 번 썩은 감정은 다시 되찾는 데 오랜 시간이 걸린다

슬픔은 사실 부끄러운 것도 아니다

다만, 슬퍼하되 우울하다고 생각해서는 안 된다

그 생각을 마음에 담는 순간 마음에 병이 들 것이다

하룻밤 울지 않는다고 해서

새벽이 오지 않았다면

내가 이토록 서럽게 울었을까

내 생각 하지 않는다는 거 압니다

가끔 생각이 스쳐갈 때도 있겠죠

그때마다 아프지 않았으면 좋겠습니다

나도 모르게 계속 처다보게 된다

그러니 너무 뭐라 하지 말아라

나한테는 그게 너니까

처음에는 실컷 울고 나면 괜찮아질 줄 알았다

밤새 울다 지쳐 잠이 들고

아침에 죽을 듯이 집을 나선다

새벽까지 눈물을 쏟는 날은

온몸이 텅 비어 버린 것 같았다

내가 꺼내고 싶었던 건

슬픔이나 그리움 같은 쓸모없는 감정이었는데

갑자기 네가 빠져나가버린 거 같은 허전함이 몰려왔다

눈물을 그만둬야 할 때가 온 것이었다

비가 내린다, 보고 싶다

문득 그런 생각이 든다

비가 내리는 것은 온 세상이

나를 위해서 함께 울어주는 건 아닐까

비는 묘한 감정을 일으킨다

너를 끄집어 불러내기도 하고

때로는 다시 돌려보내기도 한다

비는 보고 싶은 마음을

한 번이라도 더 꺼내고 싶은

내 처절한 핑계일지도 모른다

좋게 생각하기로 했다

비가 오는 날에는 숨어서 울지 않아도 된다고

다 같이 우는 날이니까

부끄러워하지 않아도 된다고

그래서 비가 오면 나는 실컷 울고는 한다

짧게나마 마음이 조금은 편안해진다

네가 아는지 모르겠다

그날 밤 내가 밤새 울었다는 것을

내가 많이 아파했다는 것을

너를 만나는 동안에도

나는 집에 돌아와 멀리 너를 재우고

꽤 많은 날을 눈물로 지냈다

그리고 다음날 너를 마주하면

나는 항상 그런 생각을 했다

너는 내가 밤새 울었다는 것을 알고 있을까

그런데 어느 날 갑자기 이런 생각도 들었다

너도 밤새 울었을까

네가 아파했던 시간들이

이제야 내게 보인다

나는 마음에 병이 들고 있다

네가 앓던 그 병이 아닐까 싶다

내게 옮겨 왔다면 차라리 다행이다

이제 네가 울지 않기를 바란다

처음에는 생각을 했다

시간이 조금 지나고 나서는 생각이 났다

그리고 시간이 더 지나서는 구분이 가지 않았다

내가 너를 생각하는 것인지

네가, 내가 하는 생각에 와서 얹히는 것인지

모르겠다

이제는 보고 싶다는 마음뿐이다

가득 찬 소주잔과 달빛에 젖은 테이블
너에게 한 번쯤 실수하고 싶은 밤

전화라도 걸어 볼까 싶지만 감당할 용기는 없고
구질구질 별 하나하나에 소원이라도 걸고 싶다만
어쩐지 네가 없는 하늘에는 별도 보이지 않는다

마침내 외로움이 그리움을 넘어선다
나는 더는 울지 않을지도 모르겠다

밝은 새벽이 싫다
어두운 새벽이 좋다

싫고 좋은 것이 다시 분명해진다
생각의 무게가 마음보다 무거워진다
마음이 짓눌려 불안해진다

보기 싫다, 그만 가라

네가 무엇이든 이제 나는 되었다

슬플 때는 그냥 실컷 운다

이미 만들어진 눈물을 모두 빼내어야

슬픔이 풀리는 것이다

흐르지 못한 눈물은 늘 마음에 가라앉는다

때문에 나는 울어야만 했다

눈물이 많은 내가 다행이기도

안쓰럽기도 했다

변치 않는 마음에 거짓을 담는다

결국 이렇게 해야만 끝이 나는 것이었을까

감정 하나를 무시하는 것이 무척이나 버겁다

그날 내가 얼마나 많이 울었는지 너는 모른다

네가 어떻게 지내는지 나도 모르고 산다

우리를 알 길이 없다

부디 아프지만 말아라

너에게 빈다

더 바랄 것이 없다

하늘색 하늘에 너의 웃음이 걸려있어
보고 싶은 순간이 여전히 가득 한데
보고 싶다는 마음이 들리는지 모르겠어
그저 네가 보고 있는 하늘이 궁금하기만 해

유난히 날이 좋다
너에게 가고 싶어진다

계속 생각해서 보고 싶은 건지

보고 싶어서 계속 생각나는 건지

보고 싶은 건 한 명인데, 그리운 건 너무 많다

날이 좋은 주말은 늘 걱정이다

3장

네가

보고 싶어,

울었다

잘 지내시나요

봄을 마주하는 것도 죄가 될까 싶어
서둘러 등을 돌렸습니다
당신은 어찌 지내시나요

그곳에는 올해도 꽃이 피었을까요

볼 수 없다는 것은

보면 안 되는 거겠지요

그래도 보고 싶네요

당신

새벽이슬에 적셔진 그리움이

오래 두고 씻기지 않는다

잊히지 않으니 잊을 수가 없다

그리움에는 그리움만 쌓인다

쌓인 것은 그리움뿐인데 왜 아프기 시작할까

나는 이 감정이 갈수록 어렵다

내가 너라고 적으면

그게 너라고 생각할 너를 사랑한다

사랑한다, 내 마음 변함없다

왜 울기만 하냐고 묻지 말아요

슬픔을 표현할 길이 없어서 그래요

혹여 내가 흘리는 눈물조차 당신에게는 상처가 될까요

힘들어서 힘든 게 아니다

슬퍼서 슬픈 게 아니다

아파서 아픈 게 아니다

너를 볼 수 없어 그렇다

내가 당신 이름을 불러도

당신은 울지 않을 건가요?

이제 정말 제가 아무렇지 않나요

앞에 지나가는 저 여자가 또 너인 줄 알았다

시선이 따라간다
끊기지를 않는다
움직일 수가 없다

또 하루를 못 쓰게 되겠다

더는 울지 말라고 보내줬는데

어떠니, 이제 울지 않고 사니

그런데 어떡하니

이제는 내가 울음을 멈출 수가 없는데

마음이 찢어진다

찢어진 틈새로 네가 새어나간다

틈이 벌어질까 숨을 참는다

참아 보건대 그리움에 비하면

슬픔 따위는 아무것도 아니다

사람은 보이지 않는 상처에 죽는다

그리고 너는 너무 오랫동안 보이지 않는다

그간 많이 울긴 했나 보다

두 눈의 생김새가 변했다

네가 알아보지 못할까 걱정이다

네 눈물을 보고 생각했다

내가 네 눈물이구나

지금은 네가 내 눈물이다

아침에 눈을 떴을 때부터

유난히 보고 싶은 날이 있다

네가 나를 깨운 듯한 착각이 든다

순간에 놓여 있다는 것만으로도
힘들더라고 그냥

그래도 무너지지 않고
열심히 살았어

지금 이 시절을 너에게
웃으며 말하는 순간이 왔으면 좋겠어

바다라도 보고 오고 싶은데

바다를 보면 돌아오지 못할 거 같아서

무슨 생각을 해도 그곳에 네가 있다

그래서 나는 가만히 있는 것도 아프다

이 아픔에는 이유가 있다

비가 내리는 날이면
꾹 눌러둔 감정이 심상치 않은 기류에 휩싸였다
목덜미에서부터 이마까지 무거움이 한가득 차올랐고
끝내 어색한 슬픔이 터졌다

그 슬픔은 계속 눈물이었다가 간혹 비로 내렸다
커튼이라도 달아 벽을 만들고 싶었지만
빗소리를 누를 수는 없었다

결국 네 생각을 하고 만다
비로 인한 추억이 특별했던 것도 아닌데
비가 내릴 때마다 왜 나는 너를 떠올렸을까
네가 내 눈물이었기 때문일까

다시 비가 온다
비를 따라 나도 운다

밤새도록 비가 내렸고

나는 일주일 동안 흘릴 눈물을
하룻밤에 다 써버렸다

이제 무엇으로 너를 버텨야 할까

가끔은 가끔 같지가 않아서
힘이 드는 날도 있어, 너는 어때?

네가 없음으로 내가 사는 하루가 바뀌었다
그것은 육체적인 변화였고, 정신적인 변화였으며,
결국에는 감정적인 변화였다

너 하나로 일상이 변한다는 것은
너 하나로 인생이 변하는 것과 같다
나는 지금 다른 인생을 살고 있다
네가 없는 인생, 행복이 없는 인생을 산다
그리고 그것보다 더 나를 힘들게 하는 것은
행복이 있던, 행복했던 인생이다

행복했던 기억은 언젠가의 슬픔이 될지도 모른다

잊으라는 꿈같은 이야기하지 말고

당장 울지 않는 방법이나 알려줘

어떤 감정도 느끼기 싫은 날이 있다
그런 날이 늘어만 가는 것을 느낀다

3개월이 지났다
몸무게가 16kg 줄었다
그동안 하루에 물 한 잔 정도 마시는 것이 전부였고,
술은 마시지 않았다

이유는 모르겠지만 헛구역질이 심했다
그리고 그때마다 나는 그런 생각을 했다

가슴에서 심장을 꺼내고 싶다
잠깐이라도 나를 멈추고 싶다

'심장을 토해내고 싶다'

아주 잠깐 행복할 뻔했으나

아주 오래 슬프게 되었다

예고 없이 비가 내릴 때면

오른쪽 어깨가 빗물에 푹 젖곤 했는데

지금은 예고한 비에도 온몸이 눈물에 젖어 버려

어떡해

비가 내린다는 핑계로

보고 싶다는 고백을 전해도 될까요

보고 싶다는 말은 참 소중하다

가장 흔하고 익숙한 표현이면서도

슬픔을 모두 담아 놓은 듯 무겁다

하지만 이 표현이 이별과 닿으면

그 무게는 감당할 수 없을 만큼 늘어난다

그리고 보고 싶다는 표현이

그리움에서 아픔으로 바뀌면

그때부터는 사는 것에 정도가 없어진다

긴 밤을 꾸역꾸역 지새우고 마주하는 비는

너를 절대 놓지 말라고 내게 말하는 것만 같다

계절에 어울리지 않게 오랜 비가 내린다

네가 가려는 이유를 모르겠다

네가 흘린 눈물로 종일 비가 내린다

나는 너의 손에 우산을 쥐어줬다

너는 손에 쥔 우산을 내려놓는다

너는 비가 그만 내렸으면 좋겠다고 한다

나는 밤새 울음을 멈출 수 없었다

울었다, 정말 많이 울었다

어쩌면 처음부터 알고 있었는지도 모르겠다

네가 내게서 가려는 이유를

안부는 묻지 말아요

거짓말하기 싫어요

슬픔에 갇힌 하루하루를

믿을 수 없을 만큼 잘 이겨냈다

눈에 스치는 것은 눈물로 흘려보냈고

머리에 떠오르는 것은 좋았던 기억으로 참아냈다

그런데도 가끔 올라오는 너의 사진이나

애써 알게 되는 소식은

그 모든 균형을 무너뜨렸다

가장 힘든 건 그게 아니었나 싶다

굳게 솟은 절망을 누르고 다시 일어나는 일

그것은 말로는 설명할 수 없는 그런 아픔이었다

마음을 가장 약하게 만드는 건

봄도, 벚꽃도, 빗소리도 아니었다

그건 가끔 들려오는 너의 소식이었다

긴 시간 나보다 너를 더 사랑했다

그래서 나는, 나를 사랑하는 방법을 모른다

사랑을 모른다

아프고 슬프고 힘들었다

그리고 그것을 반복했다

그래도 나는 멈춰있지 않고 잘 버텼다

고생했다고 말해주고 싶다

고생했다고 말해줬으면 좋겠다

이별이 이토록 아파서 감사하다

나는 너를 사랑한 것이 맞구나

참아야지, 참아야지 하지 말고

가끔은 욕도 하고 그래요

그래야 살아요. 시발

아무것도 모르고 지낸다

어떻게 지내는지 도통 알 길이 없으니

잘 지내겠지 한다

가장 행복했던 때를 생각한다

그곳에 네가 있다

네가 곁에 없어도 나는 너와 지내고 있다

네가 두고 간 것들로 추억을 지키고

그 추억으로 행복을 버텨낸다

너를 생각을 하는 것은 그 시작을 모른다

정신이 들었을 때는 이미 너로 가득하다

기억에 그려지는 모든 것들이 너의 잔상이고 행복이다

사실 행복은 잠깐이다

20분 정도를 멍하니 네 생각에 휘어잡히면

적어도 이틀 삼일 밤을 눈물로 지새운다

그리움이다

그리움은 항상 그렇게 시작된다

나의 그리움과 나의 상사병은

너와는 상관없는 일이니

너는 신경 쓰지 않아도 좋다

잊히지 않는 것이 아니라

잊힌 기억을 느끼지 못할 뿐이다

그래서 나는 시간이 없다

지켜야 할 네가 너무 많다

그리워하는 것조차

집착일 수도 있겠다 싶어

때로는 겁이 난다

슬픔이 가시면 너까지 함께 사라질까 싶어서
갖은 슬픔을 받아들인 채로 산다

슬픔이 지속된다는 것은 네가 아직 남아있다는 거겠지
슬픔의 빈도가 줄고, 슬픔의 폭이 좁아지면
그만큼 너도 줄어드는 것만 같아서 두려웠다

그래서 생각했다

슬픔을 갖고 살면 너도 계속 여기 있겠구나
나는 이대로 정말 괜찮다

오늘은 무슨 생각을 했어요?

나는 외롭다는 생각을 했어요

운명이라면 계속 불어올 것이고

운명이 아니라면 이대로 스쳐 가겠지

너는 가지 않았으면 좋겠어

힘들고 지칠 때면 늘 뒤돌아봤습니다

옆에는 아무도 없다는 걸 알았거든요

나는 여전히 여전하고

너도 여전히 여전해 보여

우리는 정말 여전한 걸까

삼킨 것을 뱉어 내려 되새긴다

후회란 참으로 역겨운 감정이다

10년이 넘도록 담배 하나 못 끊는 사람들이
나를 나무란다

넌 여자 하나 못 잊어서 이게 뭐 하는 거냐고
어디까지 너를 망가뜨릴 거냐고

다시는 그 사람들과 만나지 않았다

네 소식 기대한 적 없다

내 소식도 너에게 들릴 리 없다

그래도 보고 싶다

행복했던 기억이 나를 웃게 하면서도

결국은 울게 만든다

정말 지우고 싶은 기억은

오히려 행복 쪽일지도 모르겠다

꽃다발을 들고 있는 너의 사진을 보았다
색색의 꽃이 가시처럼 느껴졌다

날카로웠다
따가웠다

처음 느끼는 감정이었다
안심하고 있었는지도 모르겠다

생각했다
이제 지켜보는 것도
그리워하는 것도
해서는 안 되겠구나
이제 정말 끝이구나

네가 들고 있는 꽃다발이
나는 시들어 버렸으면 좋겠다

나에게는 행복한 순간이

모두에게 나쁜 기억이라면

나는 어떡하죠

너를 만나기 전까지 나는

행복이 무엇인지 전혀 모르는 사람이었다

그저 가끔 기분이 좋다거나

신이 난다거나 그 정도가 전부였다

너와 보내는 모든 시간이 행복했다

너의 눈물까지도 감히 행복했다

그런데 그 커다란 행복을 지켜내기 위해

내가 아프게 한 사람들은 어떻게 되는 걸까

나는 그 기억을 이러지도 저러지도 못하고 산다

행복하지는 않지만, 마음은 편합니다
행복에는 늘 아픔이 감춰져 있었거든요

다들 아무렇지도 않게 잊고 사는 게

이해가 안 가

슬퍼질 이유가 너무 많아서

눈물이 멈추지 않았어

그런데 이제 눈물이 멈춰가

어쩐지 괜찮아지는 것 같지는 않아서

걱정이 돼

슬픔은 이겨내는 것이 아니라 견디는 것이다
저 멀리 흘러갈 때까지 기다리는 것이다

그렇게 하고도 남은 잊히지 않는 슬픔으로
아픔을 아주 오랜 시간 기억하는 것이다
그리고 눈물은 그 시간의 대가다

시간이 계속 흐른다

한데 그 안에 너도 있다

미치겠다

내가 너무 느리다

내가 가진 시간 보다

내가 가진 네 기억이 많아 걱정이다

기억과 추억이 뒤섞이고 얽혀 두통이 가시질 않는다

한 번쯤 마주하고 싶다

네가 뱉은 숨을 마시고 싶다

슬픔이 극에 달하면 심장이 가렵다

다듬지 못한 손톱으로 가슴팍을 미친 듯이 긁어낸다

그런데도 슬픔은 만질 수가 없다

그만큼 슬픔은 깊은 곳에 있다

어찌할 수가 없다

사랑은 아프다

이별은 죽을 거 같고

잊는 건 내 몫이 아니다

이별이란 무엇 하나 마음 편한 것이 없다
모든 것이 마음에 한 번 얹히고 나서야 지나간다

슬픈 사랑이었다

아픈 이별이었다

잊힐 리도 없고

잊을 생각도 없다

마음이 변하지 않는다

네 생각이 멈추지 않는 것을

어떤 이는 별일이 아니라고 한다

그래도 나는 그 사람이 고마웠다

내 이야기를 들어주는 유일한 사람이었다

나는 문제를 해결해 줄 사람이 아니라

그저 내 이야기를 들어줄 사람이 필요했던 것이다

확실하다

사람 한 명이면 된다

내 이야기를 들어줄 사람 한 명이면 그래도 버텨 볼만하다

백 마디 위로보다 위로가 되는 것은

한 마디 말을 받아주는 것이다

웃는 얼굴이 슬퍼 보이면

그건 괜찮은 척하는 것이다

어설픈 핑계라도 좋다

평소 같은 표정으로

술 한 잔 권해주면 충분할 것이다

슬픔으로 쓰면 눈물이 나고

눈물로 쓰면 전부 너다

밤이 내리는 것은 무겁고
새벽이 오르는 것은 다시 차갑고
여기 가득하던 너는 있다가 없고

밤은 내 방의 끝없는 천장이었고
슬픔은 내가 덮고 자는 이불이었다
새벽이 오는 것은 눈물이 가득 찼다는 뜻이고
눈물은 네가 와서는 다시 갔다는 증거였다
그렇게 흘린 너의 흔적을 내가 어찌 닦을까
그대로 둘 수밖에

너는 여기 내 삶에 그대로 있다는 것을
말해주고 싶다

만나지 못하는 사람이 생겼다

인간에게 내려지는 가장 큰 슬픔을 맞는다

이별

네가 없이는 나는 슬픔을 막아낼 수가 없다

눈물의 이유를 알면 슬픔이고
눈물의 이유를 모르면 아픔이다

슬픔의 이유를 알면 슬픔이고
슬픔의 이유를 모르면 우울이다

나는 우울을 모른다

꽃이 피면 너도 함께 필 텐데

뭣 하러 너를 잊으려 노력할까

애쓰지 않기로 했다

너와 관련된 무엇 하나 방에 있던 그대로 두었다

치우지도 않았다
버리지도 않았다

나는 있는 슬픔을 그대로 받으면서도 견뎠다
그러니 더는 나빠질 것도 없다

괜찮아질 수 있다면
최대한 천천히 괜찮아지고 싶다
언젠가 이 물건들이 필요한 순간이 오면 좋겠다

단순히 슬픔을 이겨내려고 했으면
이미 오래전에 무너졌을 것이다

나는 슬픔을 그대로 두었다
애쓰지 않는 것으로 애를 썼다

무엇이 당신을 그렇게

힘들게 하나요?

"아직도 그녀를 사랑합니다"

사랑할 때는 모르는 게 너무 많았고

헤어진 후에는 아는 게 너무 많았다

어찌 힘들지 않았을까

슬픔과 가슴 아픔은 비슷하지만 다른 감정이다
오늘 나는 가슴이 많이 아프다
슬펐던 것들이 현실에 처박히고야 말았다

슬프지 않았던 날은 없다
그러나 아무리 슬퍼도 슬픔에는 한계가 있다
다행이었을까

슬픔에 익숙해지면
오히려 마음이 순간 편안해지기도 했다
그러다가 갑자기 쏟아져 들어와 박힌다

가슴이 답답하고 심장을 쥐어짜는 고통을 느낀다
왜 울고 있는지도 모르게 눈물을 흘리기도 하고
심할 때는 구역질이 올라온다
마음이 아팠다

파랗게 멍이 들 때까지 가슴을 때린다
하지만 변하는 것은 가슴의 피부색뿐이었다

아무리 울어도 변하지 않을 일에는

울지 않기로 했다

이것이 내가 가끔 흘리는

눈물의 이유가 될지 모르겠다

서른이 훌쩍 넘은 나이

열 살 아이처럼 눈물을 쏟아낸다

나는 눈물을 보면 눈물을 참을 수가 없다

하물며 너의 눈물은 내게 어땠을까

다시 또 눈물을 떨어뜨린다

처음에는 그랬다
몸이 아픈 것은 참겠는데
마음 아픈 것은 못 참겠다

나중에는 이랬다
마음 아픈 것은 참겠는데
몸이 아픈 것은 못 참겠다

모든 것을 참아 낼 수 있던 날은
단 하루도 없었다

꿈에서 깨어보니 아직 새벽

다른 꿈을 꿀 자신이 없어서 운다

4장

괜찮아,
이제 갈게
안녕

따지고 보면 이별은 별거 아니야

문제가 되는 것은 끝나지 않은 사랑인 거지

하루에도 몇 번을 말한다

보고 싶다, 보고 싶다, 보고 싶어 죽겠다

아마도 2년 동안 내가 가장 많이

담고 있는 말이 아니었을까

그리움을 마음으로 쓰고, 다시 글로 쓴다

하지만 너에게 보이지는 않는다

이별 후에 만들어진 이 정도의 거리를

유지하는 것이 쉽지가 않다

그 거리를 좁히지 못하는 것이 너무 외롭다

이별했다고 해서 어찌 너를 멀리할까

이 정도 거리는 이해해 줬으면

너는 결코 잊히지 않을 말을 하며

이제 너를 잊으라고 말한다

어떻게 잊으라는 건지 모르겠다

아침에 잘 잤냐고 인사하는 거

밤에 잘 자라고 인사하는 거

시작과 끝을 함께 한다는 것

같은 삶을 산다는 것

사람들은 말합니다

그렇게 힘들면 그만두라고

그런 사람들에게 나는 말합니다

그만두는 게 제일 힘들어요

그래서 그래요

그리워하지 마

그 사람은 너를 신경 쓰지도 않아

슬픔과 아픔은 언제나 내 것이기만 했고
무너진 잔해를 보는 것은 절망이기만 했다
매일 같이 마주하는 것들은
내가 감당하기 힘든 것이 대부분이었다
그동안 내가 그것들을 어떻게 버티고 있었는지
갑자기 내가 불쌍해졌다

그럼에도 내가 무작정 견딜 수 있었던 것은
너에게 돌려줄 것이 있어서가 첫 번째였고
너에게 돌아간 다는 믿음이 두 번째였다

나를 살린 건 이번에도 너였는지도 모르겠다

아픔이 덜한 건지

아니면 내가 강한 건지

사랑이 전부라던 나는

아직 삶을 잘 이어가고 있다

어쨌든 작은 희망이라는 게 의지가 되기도 한다

고요함에 숨이 가라앉는다
눈물이 천장에 솟는다
있다 없어지는 것들로 가득하다
새벽에 빠진다

결국은 몸이 버텨내지 못했다
하얀 천장을 보니 마음이 편안하다

병원에 가는 것이 어색할 만큼
나는 건강한 몸을 가졌다
그래서 꽤 오래 버틸 수 있었다

그러던 어느 날 병원에 가야겠다는 생각이 들었다

마침내 살고 싶었다

운명을 믿는다

운명이라는 것은

사랑에게는 의지가 되고

사람에게는 의미가 된다

이제 운명이 대답할 차례이다

눈을 감아도 네가 선명하다
나는 기억을 오래 유지하는 편이기에
너를 기억하는 것은 자신이 있었다

내가 생각하려고 하지 않아도
눈을 감으면 네 얼굴이 제일 먼저 보인다
그리움 때문일 것이다

시간이 흐르면서 목소리가 먼저 옅어졌다
그리고 언젠가부터 헷갈리는 일이 생겼다
예를 들면 웃을 때 너의 입꼬리가
오른쪽으로 올라가는지 왼쪽으로 올라가는지
기억이 안 난다

예쁘다는 생각만 했다

좋다는 생각만 했다

가장 먼저 망가지는 기억은

생각해 본 적 없는 당연한 것들이었다

너무나 당연해 애틋함조차 알아채지 못하는 것들

그런 것들이 제일 먼저 옅어져 갔다

그리움이 뭐 별겁니까

그냥 당신 생각하는 것이지요

그리고 울겠죠

1초와 2초, 그 사이에 네가 있다

사랑해 딱 이 한마디면 가득 차는 공간

나는 그 안에서 지내고 있다

너에게서 더는 내가 보이지 않는다

너는 나를 지운 걸까

아니면 숨긴 걸까

이른 밤,

선혈에 젖은 검붉은 하늘

한숨마다 베여 흐르는 너라는 상실감

온몸의 혈관을 찢어 놓던 너의 아픈 눈물조차 그리운 밤

내가 할 수 있는 것이 없다

미워해라 원망해라

뭐든 좋다

그렇게라도 내 생각 해라

잊히는 건 너무 아프다

이별은 괜찮아지는 것이 아니라
없는 것에 익숙해지는 것이다
더해지는 감정만 있을 뿐
줄어드는 감정은 없다
내 감정은 도무지 익숙함을 모른다

그리움으로 그리움을 참았고
슬픔으로 슬픔을 참았다

이 감정을 아는지 모르겠다

매일 화분에 물을 준다

마땅한 이유는 모르겠다

그저 너의 익숙한 행동들이 낯설어지는

그 바보 같은 순간이 오면

더는 화분에 물을 주지 않을 것이다

네가 머물다 간 기억만으로도

내 삶이 살아진다

어쩐지 슬픔을 감당할 자신이 생긴다

내가 좋아하는 사람들은 언제나 너무 멀리 있다
그리고 너는 지금 가장 멀리 있다
계속 그리워하다 보면 언젠가는 가 닿을 수 있을까
그럴 수 없을 거 같아 괜스레 서글퍼진다

차라리 술에 취해 실수라도 했으면 좋겠다
그런데 그게 두려워
술을 기어코 이겨내는 내가 미치도록 싫다

나는 쓸데없이 여려 터졌다

생각할 시간이 많다

외로움은 익숙함을 모른다

한가로움이 고통스럽다

너라는 한 번의 사랑으로

수천, 수만 번의 이별을 한다

매일 아침 보내던 이메일이 그렇고

혼자 보내는 저녁시간이 그렇다

사소한 것일수록 네가 짙게 스며 있으니

나는 어쩌면 좋을까

여전히 서슬 퍼런 하늘과

그리움 가득 물든 기억들로 다시 하루가 갑니다

별빛을 타고 내리는 빗물이

창가에 맺히는 것은 그대가 보이는 까닭입니까

손끝에 묻어나는 것이 없음에

내가 목 놓아 운 것만큼

당신도 이 비를 기다렸을까요

그리움에 무슨 이유가 있겠어

그냥 보고 싶은 거야

당신이

당신이 나를 기억에서 지워 버리면

내가 사랑한 모습들은

그때는 정말 꿈이 되는 건가요

나 없이 멀리 갔다고 생각하니
나도 네 뒤에서 함께 걸었다
네가 돌아보지 않았을 뿐
그쪽으로 따라 걸었다

언제쯤 돌아설 수 있을까
그런 날이 오면 괜찮아진 걸까
괜찮다는 게 뭔지 아직 모르겠다

그래도 한 번쯤은
돌아봐 줄 거라 생각했다
그리고 이제 그 생각은 내 것이 아니다
모든 것이 헛되었다

슬픔을 왜 말로 하는데

그냥 울어

슬픔을 뱉어낼 방법은 눈물뿐이야

혼히들 말한다

내 마음 알지? 내 마음 어떻게 알았어?

사실 사람 마음은 알 수가 없다

말로 하지 않으면 그 보이지 않는 것을 알 수 있을까

다만 좋아하는 감정을 담아 알려고 노력하고

그 사람이 되어 생각해 보는 것이다

연애는 그것을 확인하는 과정이다

이 사람이 내 마음을 얼마나 가까이 볼 수 있을지

가까이 보려고 어떤 노력을 하는지 알아보는 것이다

서로를 마주쳐 보는 것이다

중요한 것은 결국 마음을 대하는 태도이다

이별은 아주 오랜 시간 동안 만들어진 것이라서

아픔은 단단하고, 슬픔은 느려 터졌다

너는 오지 않는다, 내가 가지 않는 것처럼
이제 내가 가면 너도 왔으면 좋겠다

혹여 내가 너에게 가지 못한다면
네가 어떤 모습으로 돌아와도
나는 웃으며 널 안아 줄 거야

보여지는 모습이 어떻든

가진 것이 무엇이든

함께하는 것만으로도 행복을 느꼈다

바라보는 것만으로도 행복했다

단순하게 생각해 봤다

너와 함께 살면 정말 행복할 텐데

이처럼 나는 행복이 무엇인지 알고 있다

그래서 더욱 행복해지고 싶은 것이다

한 번도 내게 온 적 없는 너에게

나는 이제 그만 오라고 말을 한다

들리지도 않을 말을 한다

실제로 너는 이별 후에

사소한 눈길조차 내게 준 적이 없다

내가 너를 지켜보는 것보다 네가 나를 쳐다봐 주길 바랐다

SNS의 내 글을 보고 있다는 확신도 없었다

모르겠다, 나를 지켜봤을지

내 글을 보고 있었는지 나는 알 길이 없다

2년이 지났다

지금은 정확히 알게 됐다

너는 나의 어떤 것에도 관심이 없다는 것을

너도 나를 한 번쯤은

보고 싶어 했으면 좋겠다

눈물은 오래되었다

웃음은 더 오래되었다

그만큼 멀리 있다

이제 가야겠다

행복은 짧고 슬픔은 길어

행복은 찾아야 하는 것이고

슬픔은 찾지 않아도 찾아와

네 생각에 나는 행복하기도 슬프기도 하다

한 번에 두 사람을 사랑할 수는 없다

나는 너를 사랑했다

나를 사랑하는 것은 중요하지 않았다

그게 문제였다

나는 우리를 사랑했어야 했다

다시 만날 수 있다는 믿음으로 한참을 슬펐다

네가 여태껏 거기 있을 리 없었는데

나는 무엇을 위해서 이별을 버텼을까

내가 맞은 슬픔을 인정할 수가 없다

행복했다, 너와 함께 하는 시간이

안심했다, 나를 보고 웃는 너를 보며

모든 것이 이대로 영원할 것만 같았다

사랑한다는 그 마음 이제 놓아야겠다

애틋이 가지고 있다고 해서 내 마음이 아니었다

소중한 것으로부터 쭉 밀려나는 기분이다

그리움과 외로움이 어찌 같을까요

그리움에는 당신이 있고

외로움에는 당신이 없는데

작가가 된 이유

글로 너를 흔들려는 것이 아니라

글로 나를 멈추려는 것이다

모두에게
소식을 전하지 못한 것에 대해
바빴다는 핑계를 두고 싶지만
나는 슬퍼서 그랬다

그리고 너에게
그립다가 마는 것이 아니라
그리워 다시 만나게 되길 바라며

2019년 시월에

그대가 보고 싶어, 울었다

개정판 2판 1쇄 펴낸날 | 2024년 1월 2일

지은이 | 인썸

책임편집 | 김연유
디자인 | 박성진
마케팅 | 김유진
펴낸이 | 강기홍

펴낸곳 | 그윽
출판사 등록 | 2021년 9월 14일(제2021-000074호)
주 소 | 서울시 광진구 긴고랑로6길 40, 1층
대표전화 | 010-3524-2064
이메일 | geueugbooks@gmail.com

ISBN | 979-11-982242-6-2 (03810)

www.goesneok.com
ⓒ 출판사 그윽